¡SIENTO UN PIE!

Rink, Maranke
    Siento un pie / Maranke Rink ; ilustrador Martijn van der
Linden ; traductora Olga Martín. -- Bogotá : Grupo Editorial
Norma, 2010.
    32 p. : il. ; 27 cm. -- (Buenas noches)
    Título original. : Ik vool een voet!
    ISBN 978-958-45-2900-8
    1. Cuentos infantiles holandeses 2. Animales - Cuentos
infantiles 3. Fábulas 4. Libros ilustrados para niños I. Linden,
Martijn van der, il. II. Martín, Olga, tr. III. Tít. IV. Serie.
I839.313 cd 21 ed.
A1253547

CEP-Banco de la República-Biblioteca Luis Ángel Arango

¡Para Noa!

Primera edición, julio de 2010

Título original en holandés:
Ik voel een voet!
de Maranke Rink y Martjin van der Linden
Publicado originalmente por Lemniscaat b.v., Rotterdam, 2008
Copyright de los textos © Maranke Rink, 2008
Copyright de las ilustraciones © Martjin van der Linden, 2008

Impreso por Cargraphics, S.A. de C.V.
Impreso en México - *Printed in Mexico*
Primera impresión México, marzo de 2011

www.librerianorma.com

Traducción: Olga Martín M.
Diagramación y armada: Andrea Rincón

ISBN 978-958-45-2900-8
C.C. 26000890
EAN 9789584529008

Maranke Rinck &
Martijn van der Linden

¡Siento un pie!

GRUPO
EDITORIAL
norma

Bogotá, Barcelona, Buenos Aires, Caracas, Guatemala, Lima, México, Panamá,
Quito, San José, San Juan, San Salvador, Santiago de Chile

Entre dos árboles, colgando sobre
el prado, Tortuga, Murciélago, Pulpo,
Pájaro y Cabra duermen en su hamaca.

Tortuga abre los ojos de repente.

–Oigan... –susurra–. ¿Oyeron eso?

La noche está oscura. No hay luna. Y ni una sola
estrella en el cielo.

–Oigan... –susurra Tortuga de nuevo.

Los otros se despiertan. Intentan sentarse.

La hamaca se mece y se bambolea.

–¡Cuidado! –grita Tortuga–.

¡Nos vamos a caer!

Pero ya es demasiado tarde.

–*Shhh...* –sisea Tortuga–. ¡Escuchen!

–Hay algo en el potrero –susurra Murciélago.

–Algo que cruje –bosteza Pulpo.

–¡Auxiiiiilio! –pía Pájaro.

–Vamos –dice Cabra–. ¡De puntillas! ¡Sin separarnos! ¡Investiguemos!

Y se acercan a hurtadillas al potrero.

—¡Alto! —susurra Cabra—. Paremos o chocaremos con la cosa esa. No muevan ni un músculo. ¡Y escuchen!

Y se quedaron quietos, escuchando.

—Cabra —susurra Tortuga después de un rato—. Esta investigación no nos está llevando a ningún lado. Voy a ver qué puedo tocar.

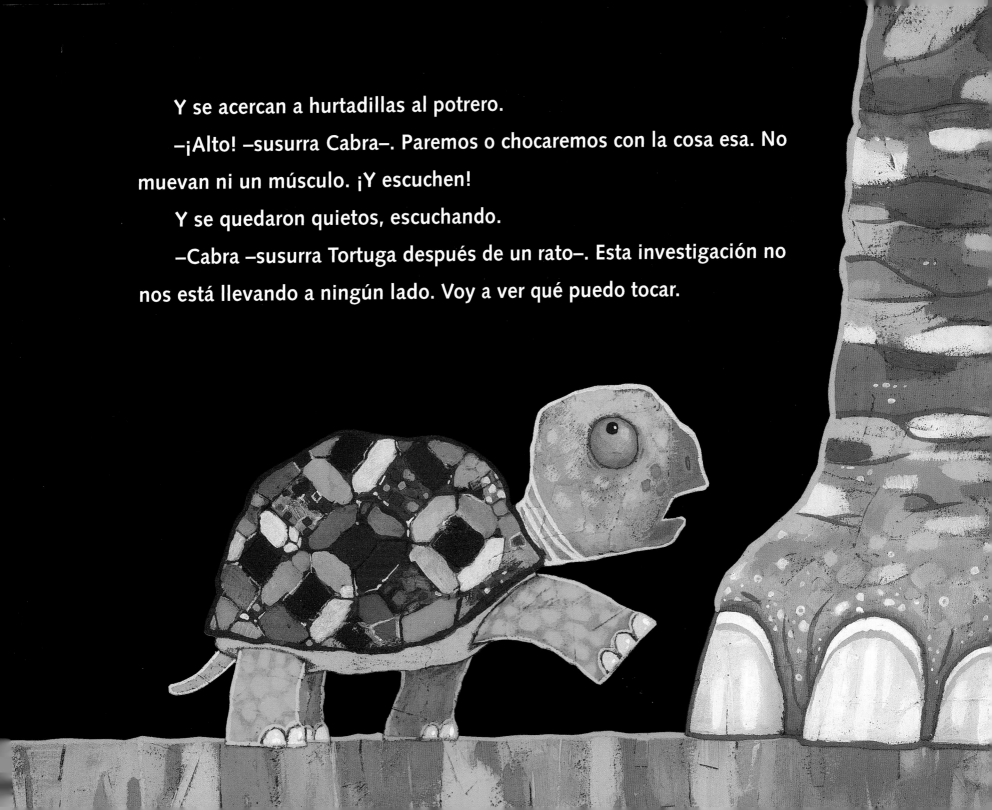

—¡Sentí un pie! —dice Tortuga, que regresa
corriendo—. Igualito al mío. Pero súper grande.
¡Una tortuga súper grande anda crujiendo por ahí!

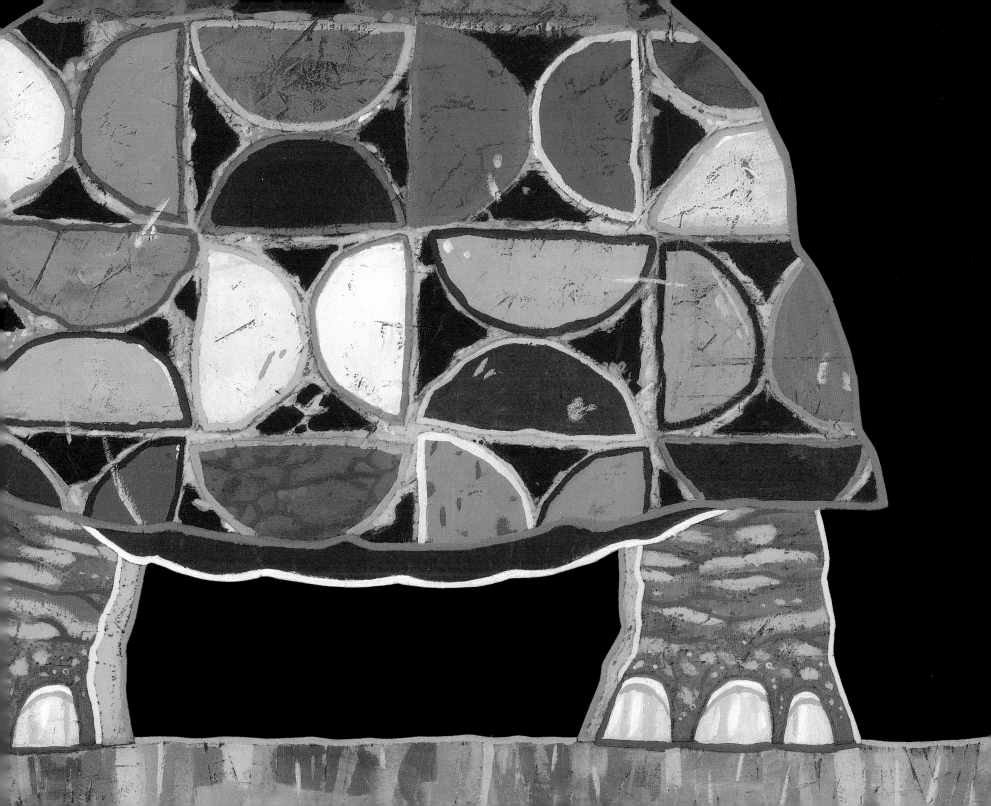

–¿Una tortuga súper grande? –Murciélago agita las alas y alza
el vuelo–. ¿En serio? Eso tengo que verlo.

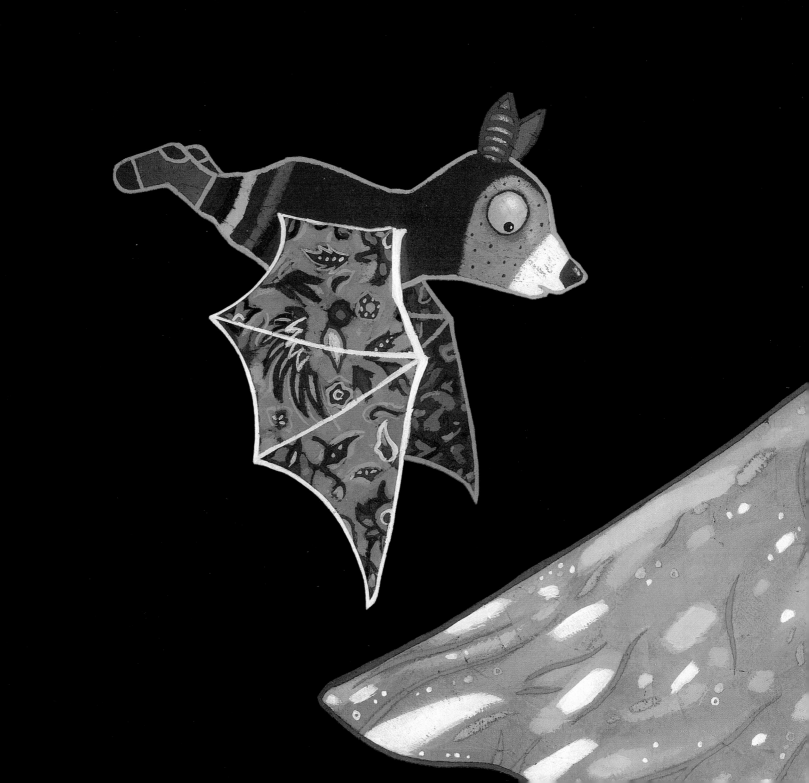

—Yo sentí un ala —susurra Murciélago—. Igualita a *mi* ala. Pero súper híper grande. ¡Un murciélago súper híper grande anda crujiendo por ahí!

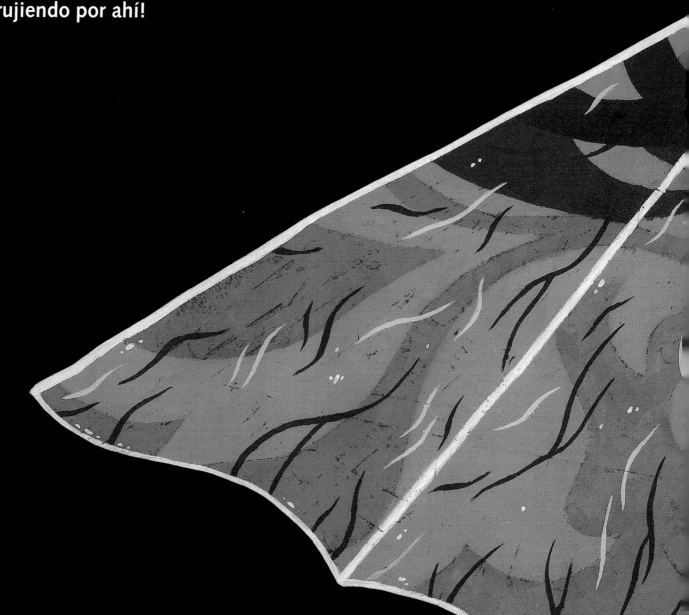

—Estoy confundido —susurra Pulpo—. ¿Qué es?
¿Una tortuga o un murciélago?

Y se aleja sigilosamente.

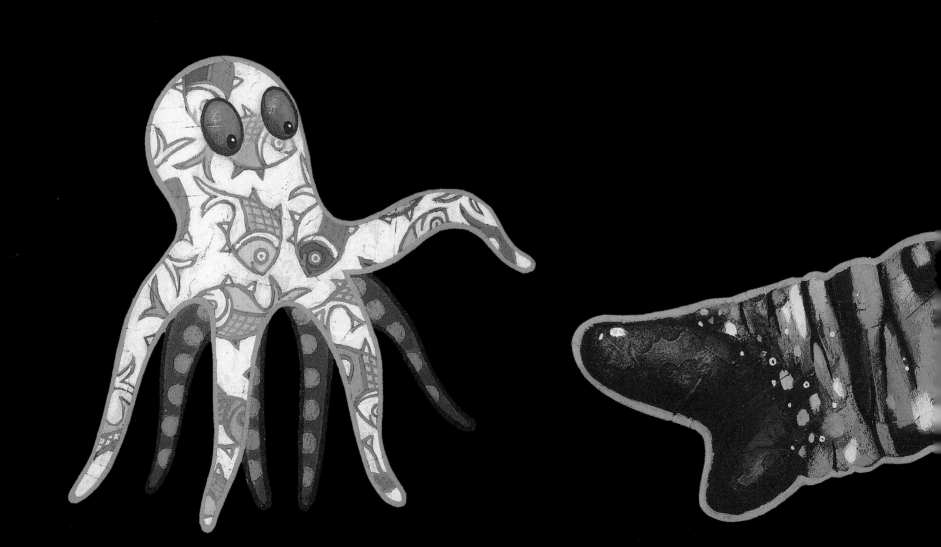

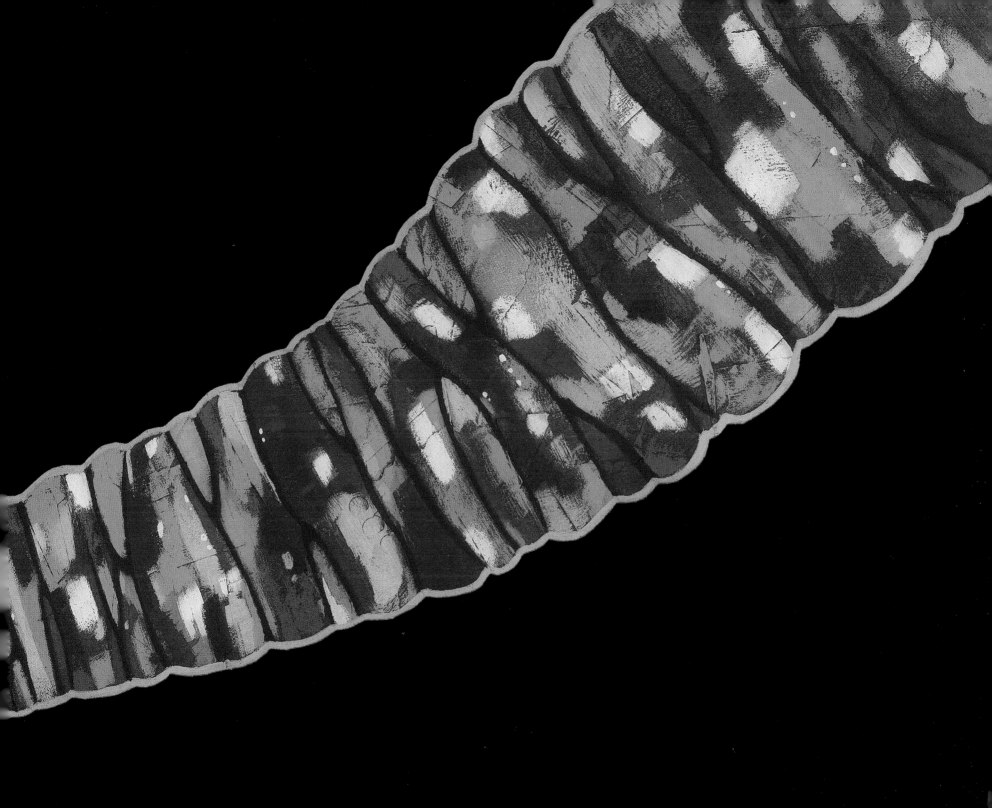

–¡No es nada de eso! –susurra Pulpo, emocionado–.
Sentí un tentáculo. Igualito a *mis* tentáculos. Pero súper
híper mega grande. ¡Un pulpo súper híper mega grande anda
crujiendo por ahí!

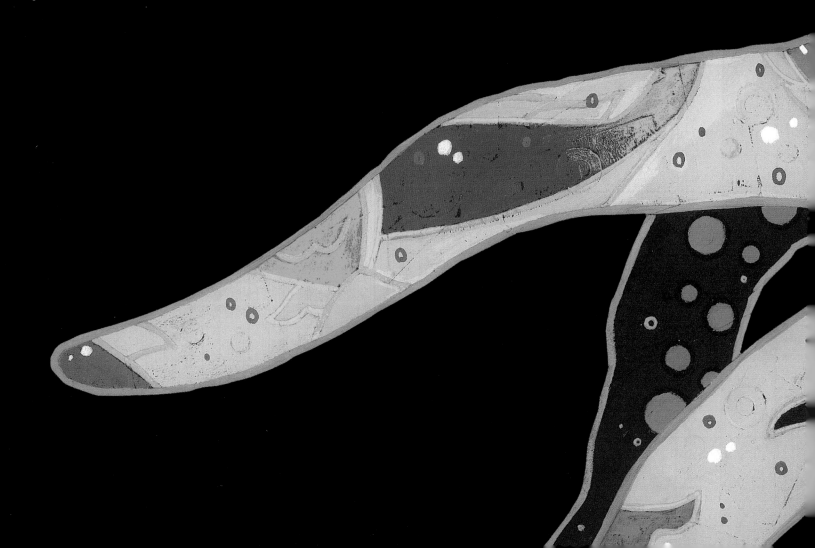

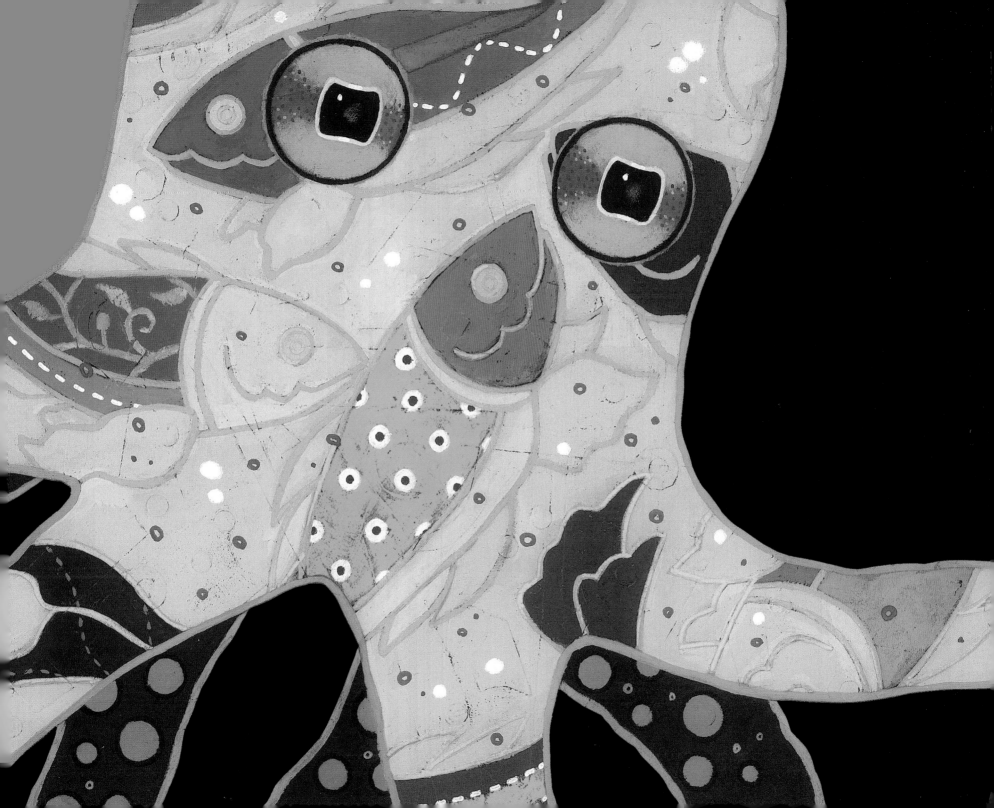

–*Uyuyuy* –pía Pájaro–. ¿Será que voy yo también? A mí no me da miedo. Bueno, solo un poquito. ¿Será que voy? ¿Con mucho cuidado?

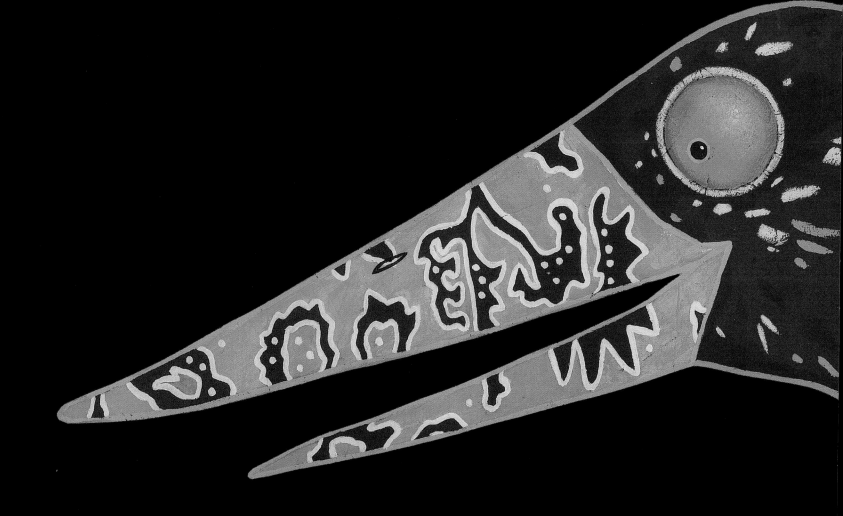

–¡Auxiiiiilio! ¡Ya sé qué es! –susurra Pájaro un minuto después–.

Sentí un pico. Igualito a *mi* pico. Pero súper híper mega grandisísimo.

¡Un pájaro súper híper mega grandisísimo anda crujiendo por ahí!

–¡Ahora yo! –Cabra salta de arriba abajo–. ¡Ahora yo! ¡Ahora yo!

–¡Pues no! –resopla Cabra–. ¡No es ningún pájaro! Yo sentí una barbita. Igualita a la *mía*, pero súper híper mega grandisisisísima. Una cabra súper híper mega grandisisisísima anda crujiendo por ahí.

–¿Pero entonces qué es lo que anda crujiendo por allí? –susurra Murciélago.

–Ya sé –susurra Cabra–. Oigan, esto es algo serio. ¡Es una Tor-mur-pul-pa-cabra gigante!

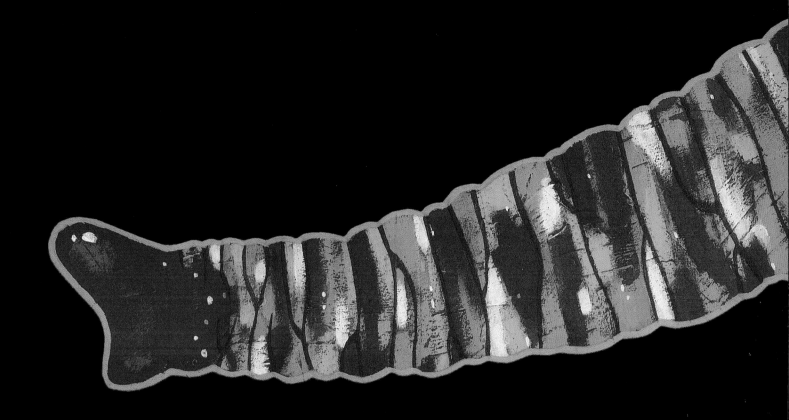

Entonces se oye un trompeteo sonoro, como si una
fanfarria estuviera a punto de tocar.

–¡Ja, ja, ja! –barrita alguien–. ¡Una Tor-mur-pul-pa-cabra!
¡Nada de eso! Soy un simple...

¡Elefante!

—gritan todos al unísono.

—No podía dormir —dice Elefante—.
La noche estaba demasiado tranquila
hasta que llegaron ustedes —y alza
una pata—. El pie de tortuga era
el mío. El ala de murciélago era mi
oreja. El tentáculo era mi trompa.
El pico era mi colmillo. Y la barbita...
—Elefante suelta una risa sonora como una trompeta—.
¡La barbita era un mechón de mi cola!

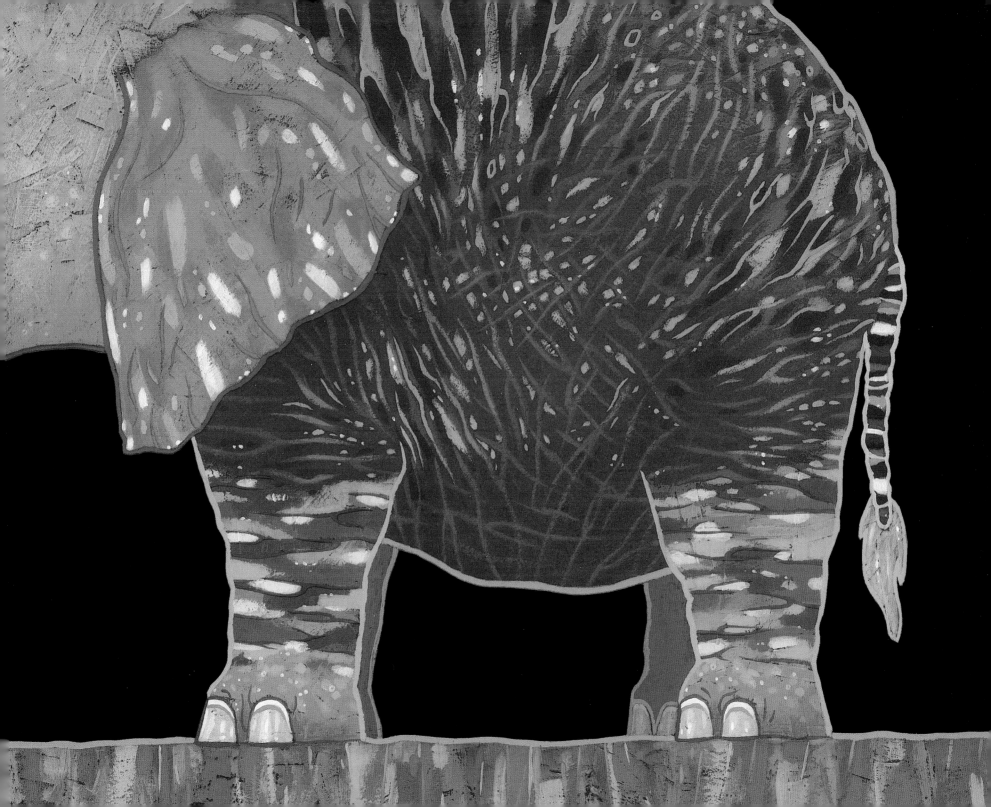

Todos se ríen. Elefante inclina la cabeza.

–Siento haberlos asustado –dice.

–No te preocupes –dice Murciélago.

–Yo me asusté un poquito –dice Pájaro con una risita.

–Yo no –dice Cabra–. ¡Yo sabía lo que era todo el tiempo!

–Regresemos a nuestra hamaca –bosteza Pulpo.

–Ay –dice Elefante con voz alicaída– Claro, por supuesto.

–Elefante –pregunta Tortuga–. ¿Te gustaría...?

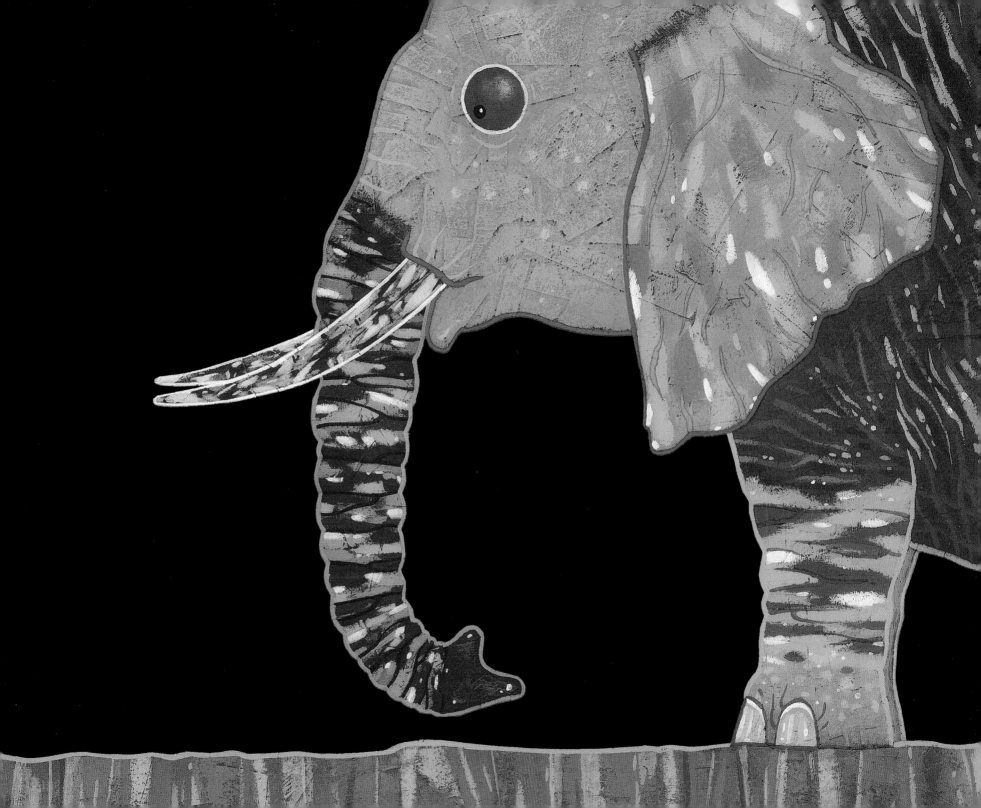

Entre dos árboles, colgando sobre el prado,
Tortuga, Murciélago, Elefante, Pulpo, Pájaro y
Cabra duermen en su hamaca.

Elefante abre los ojos de repente.

–Oigan… –susurra–. ¿Oyeron eso?